VENTE DES 8 ET 9 FÉVRIER 1909

COLLECTION C. C.

EX-LIBRIS FRANÇAIS

DES

XVIIe ET XVIIIe SIÈCLES

LA PLUPART

HÉRALDIQUES

PARIS
EM. PAUL ET FILS ET GUILLEMIN
Libraires de la Bibliothèque Nationale
28, RUE DES BONS-ENFANTS, 28

Ex Libris, ill Dom, Lud, Elisabeth de Lavergne, Chevalier, Mqis de Tressan.

N° 375 du Catalogue.

LA VENTE AURA LIEU

Les Lundi 8 et Mardi 9 Février 1909

A 2 HEURES PRÉCISES DU SOIR

Dans les Salles de Ventes aux Enchères

DE LA LIBRAIRIE ÉM. PAUL ET FILS ET GUILLEMIN

28, Rue des Bons-Enfants, 28 (Anciennes Maisons Silvestre et Labitte)

SALLE N° 1

Par le ministère de **Me ANDRÉ DESVOUGES, Commissaire-Priseur**

26, RUE DE LA GRANGE-BATELIÈRE, 26

Assisté de **MM. ÉM. PAUL et FILS ET GUILLEMIN, Libraires-Experts**

28, RUE DES BONS-ENFANTS, 28

EXPOSITION PARTICULIÈRE

Les Vendredi 5 et Samedi 6 Février 1909

28, RUE DES BONS-ENFANTS, 28

De 3 heures à 5 heures

ORDRE DES VACATIONS

			Numéros
Première Vacation.	— *Lundi* 8	*Février 1909*..........	399 à 440
—	— —	— —..........	218 à 398
Deuxième Vacation.	— *Mardi* 9	— —..........	1 à 217

CONDITIONS DE LA VENTE

La vente se fait expressément au comptant.

Les acquéreurs paieront 10 pour cent en sus des enchères.

Les Experts chargés de la vente rempliront, aux conditions d'usage, les commissions des personnes qui ne pourraient y assister.

COLLECTION C. C.

EX-LIBRIS FRANÇAIS

DES XVIIe ET XVIIIe SIÈCLES

LA PLUPART HÉRALDIQUES

Nº 8 du Catalogue.

PARIS

EM. PAUL ET FILS ET GUILLEMIN

Libraires de la Bibliothèque Nationale

28, RUE DES BONS-ENFANTS, 28

1909

N° 42 du Catalogue.

EX-LIBRIS

FRANCE

XVIIe SIÈCLE

1. **Anonyme.** (*Ecartelé : au 1, un lion entouré de 2 palmes et surmonté d'une étoile ; au 2, un arbre accosté de 2 lions ; au 3, une tour ; au 4, 3 rocs d'échiquier ; sur le tout : 3 besants*) ; signé *P. C. F.* ; in-4.

2. **Anonyme.** (*Fascé d'azur et d'argent, les fasces d'azur chargées chacune de 5 sautoirs d'argent*), gr. par *C. B. E.* ; in-4.

3. (**Arnauld de Pomponne**) (l'Abbé), gr. par *J. Gosset*.

4. **Badoux** (François) ; 1698.

5. **Barjot**, seigneur d'Orval en Beaujolais et de la Pallu en Massonnois ; in-4.

Pièce *dessinée et peinte en couleur* sur un feuillet de garde.

6. (**Benault de Lubières**).

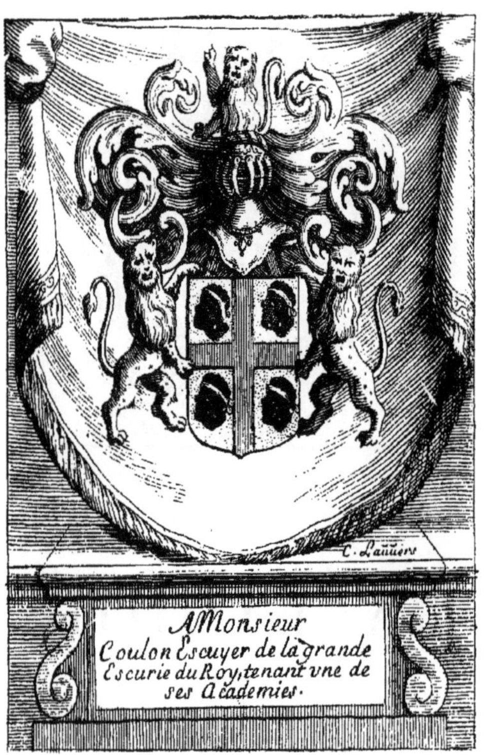

N° 9 du Catalogue.

7. **Bulteau de Préville** (Pierre), par *P. Giffart*. — 2 variantes in-12 et petit in-4.

8. **Chassebras**.

Voir la reproduction sur le titre du Catalogue.

9. **Coulon**, Escuyer de la Grande Ecurie du Roy, gr. par *C(onrad) Lauwers* ; in-4.

Pièce très rare.

10. **Delarenie** (?)

Pièce de la plus grande rareté.
Voir la reproduction à la dernière page du texte.

11. **Desforges** (L.).

12. **Drouyn** (Louis), escuier, seigneur d'Apoigny, trésorier des finances à Soissons, 1643; signé des initiales *N.* Φ. Δ. et Φ. *N. R. B.*; in-8.

No 23 du Catalogue.

13. **Foresta** (Ange de), prévôt du chapitre de la cathédrale de Marseille.

14. **Frizon de Blamont** (Nicolas-Rémy), président au Parlement. — 2 pièces, dont une datée de 1694, l'autre gr. par *J. Le Roux*, de 1704.

15. **Frizon de Blamont** (Nicolas-Rémy), président au Parlement, gr. par *J. Le Roux*, le 14 août 1704; in-4.

16. **Geoffroy** (Mathieu-François), doyen et chef de la corporation des pharmaciens parisiens, gr. par *Duflos*, d'après *Séb. Le Clerc ;* petit in-4.

17. (**Guyot**, seigneur de Charmeau et d'Ansac).

18. (**Harlay**) (de) ; grand in-4.

Superbe pièce qui se trouvait reliée en tête d'un volume.

19. **Horcholle** (Th.), curé-doyen à Rouen ; in-8.

20. **Huet** (Pierre-Daniel), évêque d'Avranches, 1692 ; petit in-4.

21. **Lamare** (Antoine de), seigneur de Chenevarin ; in-4, avec la description typographique des armes ajoutée.

Premier état : Avant le monogramme et la devise.

22. (**La Tour d'Auvergne**) (M.-F. de), épouse de Maximilien-Jérôme, Duc de Bavière.

23. (**Le Féron**, seigneur d'Orville et de Louvres), attribué à *J. Picart ;* in-4.

Belle épreuve à toutes marges. — Rare.

25. **Lelong** (Claude-René), conseiller du Roy.

Epreuve à toutes marges.

26. (**Maes d'Ophem**), en Flandre, 1660 ; grand in-8.

27. **Maneval** (Louis de), conseiller au Parlement de Normandie, par *C. M.* ; petit in-8.

28. (**Mareste**) (de). — 2 pièces, dont une gr. par (*J. Toustain*).

29. **Pellot** (B.-B. de), premier président au Parlement de Normandie, gr. par (*Toustain*).

30. (**Picquefeu**) ; in-12 en largeur. — 2 variantes.

31. **Rocheron** (Pierre).

Rare.

32 (**Tarin**), en Bourgogne.

33. **Thesut** (Jean-Odon de), des Frères prêcheurs de Dijon.

Epreuve à toutes marges.

34. (**Titon du Tillet**) ; ovale en largeur. — Titon de Villotran. — Ensemble 2 pièces.

35. **Tralage** (Jean-Nicolas de) ; in-4.

36. **Vaillant de Saint-Victor** (Alex.); in-8.

37. **Varnier** (Jean-François), conseiller au Parlement ; in-4.

38. **Vault** (François-Joseph de), conseiller au Parlement de Dôle.

---

39. **Aubret** (Louis). — BARON. — (BIGNON). — BIGOT DE GRAVERON. — (BOUDON DE SAINT-AMANS). — (BOYER). — (de CAMPREDON) ; in-8. — (CLOPIN). — (CORBERON) ; in-16. — CRÉMEAUX D'ENTRAGUES. — (CUSSET). — DOYEN ; 2 variantes. — DUMOUSTIER DE VASTRE. — Ensemble 14 pièces.

40. (**Févret**). — De FOURCY. — Jean GEOFFROY, à Epernay. — (GEUFFRIN, accolé de La Haye des Fossés). — GODEFROY DU SART. — Collège des GODRANS. — (GROUT DE LA GRASSINAIS), par *J. Gosset.* — Louis-Pierre d'HOZIER ; petit in-8. — (JOLYCLERC). — (LE GENDRE DE SAINT-AUBIN), gr. par *P. Giffart.* — LA HAYE DES FOSSÉS. — (LE POTTIER DE LA HESTROYE). — MENNESSON. — Louis de VIENNE, par *J. Gosset.* — UN ANONYME ; in-8. — Ensemble 15 pièces.

XVIIIe SIÈCLE

41. **Aguillon.**

Ex-libris d'un officier de marine.

42. (**Aiguillon**) (Anne-Charlotte de Crussol de Florensac, Duchesse d'), gr. par *A. Aveline.*

Rare.
Voir la reproduction à la première page du texte.

43. **Aine** (Marie-Jean-Bapt. d'), gr. par *P.-L. Cor.*

44. (**Albert d'Ailly**, duc de Chaulnes). — 4 variantes.

45. (**Albert de Luynes**, duc de Chevreuse), gr. par *Roy.* — 2 variantes,

Premier état : 10 drapeaux. — *Deuxième état* : 18 drapeaux.

46. (**Albert de Luynes**). — (Le Cardinal Paul d'ALBERT DE LUYNES) (d'ALBERT DE LUYNES, duc de Chevreuse); 2 variantes (*Paris et Dampierre*). — Ensemble 4 pièces.

47. **Allier de Hauteroche**, gr. par *F. F.*

Joli paysage.

48. **Anonyme.** (*D'argent, au chevron d'azur;* accolé : *d'or à la fasce de gueules à 2 couleuvres ondoyantes en pals brochantes sur le tout*) : gr. in-8.

49. **Anonyme.** (*D'azur, à la fasce vivrée d'or accompagnée de 3 chérubins d'argent*) : in-8.

50. **Anonyme.** (*D'azur à la roue d'argent* ; accolé de : *Coupé : au 1 d'argent à l'aigle couronnée de... ; au 2 de gueules au senestrochère d'argent tenant une épée*) : in-8.

51. **Anonyme.** (*D'azur, au sautoir d'or, accompagné en chef d'une étoile et en pointe d'un croissant d'argent;* accolé : *d'or, à 3 trèfles de sinople.*)

52. **Anonyme.** (*D'or, à l'arbre terrassé de sinople, à un cerf de gueules couché au pied, au chef d'azur chargé d'une étoile d'argent entre 2 coquilles d'or*) ; gr. par *Maugein.*

53. **Anonyme.** (Sur le tout : *de gueules au chevron accompagné en chef de 3 étoiles rangées en fasce et en pointe d'un lion rampant, le tout d'or*) ; petit in-8 en largeur.

54. **Anonyme.** (Un dauphin supportant un cartouche renfermant un monogramme composé des lettres E. F. deux fois répétées), par *J.-P. Dupré.*

55. **Anthoine** (J.), gr. par *Colin*, d'après *de Senemont*, en 1752.

Charmant intérieur de bibliothèque. — Le nom du titulaire est légèrement raturé.

56. **Anthoine** (J.-B. d'), conseiller au Parlement de Dombes.

Épreuve à toutes marges.

57. **Archambault** (D.-D. d'), gr. par *Sergent-Marceau*, à Chartres, en 1778 ; in-8.

58. **Artus** (d').

59. **Aubaret** (P.-B.-A.). — 2 variantes.

60. **Aubigné** (le Chevalier d').

61. **Bachelier** fils.

Jolie composition ornementale.

62. **Bally** (Marc-Joseph), abbé de l'église Saint-André, à Grenoble.

63. **Barbier d'Entre-deux-Monts.**

64 **Baschi**, marquis d'Aubaïs ; 3 variantes dont une grand. in-8, gr. par *G. Scotin*. —(Baschi-Saint-Estève). — Ensemble 4 pièces.

65. **Bastille** (Château Royal de la), (1787).

Belle épreuve à toutes marges. — Très rare.

66. **Bayle** (Etienne). — Etiquette typographique du conventionnel Pierre Bayle. — Ensemble 2 pièces.

67. **Beaumanoir** (Mme de).

68. (**Beausobre**), en Provence.

Epreuve à toutes marges.

69. (**Bernard de Cizancourt**) ; petit in-8.

70. **Besons** (Armand de), évêque de Carcassonne. — 2 variantes.

71. (**Béthune**, duc de Charrost) ; 2 variantes dont une gr. par *Tardieu*, d'après *Tharsis*. — (Le Marquis de Béthune), gr. par *Delcourt fils*, à Tournai. — Ensemble 3 pièces.

72. **Billy** (le Comte de).

Epreuve à toutes marges.

73. **Bizemont-Prunelé** (Marie-Catherine d'Hallot, comtesse de), gr. par *André de Bizemont-Prunelé*, en 1781 ; in-12 en largeur.

Epreuve tirée de format in-8 et portant le n° 10 à côté de la signature du graveur.

74. **Boizé** (Claude, comte de), par *L. Legrand*.

75. **Bollioud** (de).

Très belle épreuve à toutes marges.

76. **Bonnay** (de).

77. **Bonnay** (F.), prêtre.

78. **Borthon de Létang** (de).

79. **Bosc** (**de Scorbiac**) (de); petit in-8.

80. **Bourbon-Busset** (le Vicomte de), gr. par *Mme Jourdan*, en 1788. — Louis-Ant.-Paul Bourbon-Busset, *citoyen français*, 1793. — Ensemble 2 pièces petit in-8.

81. (**Bourbon-Malause**, née de Maniban) (Mme de) ; in-12 en largeur.

Rare.

82. **Bourcet** (de), conseiller au Parlement de Grenoble.

83. **Bourdeille** (l'abbé de).

84. **Bourgeois** (Jean-Joseph), avocat au Parlement, gr. par *Collin*, à Nancy.

Charmante pièce.

85. **Bourgongne de Menneville**, par *Dupin*.

86. **Bourlier** (Pierre-Philippe), président au bureau des finances de Lyon.

87. **Bourzac** (Marie-Henriette Achard de Joumard de Legé, comtesse de).

88. **Bousson** (J.-Fr.), chanoine à Salins (Jura), par *Micaud*.

89. (**Bouvard de Fourqueux**).

90. **Boyveau** *l'Affecteur*, docteur en médecine. — 2 variantes.

Les armes de la première pièce sont surmontées d'une couronne celle de la seconde d'*un bonnet phrygien*.

91. **Braux** (de), capitaine au Régiment d'infanterie de la Reine, gr. par *Nicole fils*, en 1739.

92. **Brevillier**, par *Le Soing*, à Nancy.

93. **Brier** (Alphonse de), gr. à l'eau-forte par *J.-B. C.* (*Carpentier*) ; in-8.

94. **Briois d'Hulluch** (Vigor de), abbé de Saint-Vaast, gr. par *Merché*, à Lille — 2 variantes.

95. (**Briot**), en Lorraine, par (*Janinet*).

Pièce attribuée également à *Mérault de Villeron*. — Epreuve un peu rognée.

96. **Broglie** (Madame la Maréchale, duchesse de).

Rare.

97. **Brosse** (P.-B. de), chanoine régulier de l'ordre de Saint-Augustin (à Bar).

98. **Bu de Longchamp** (Mme du), par *Ollivault*.

Belle épreuve.

99. **Buffault** (Jean-Bte).

Belle épreuve à toutes marges.

100. **Buret**, par *Ollivault*, à Rennes.

Jolie pièce.

No 96 du Catalogue.

101. (**Cabanès**) (de), en Provence.

102. **Cambon** (François-Tristan de), évêque de Mirepoix, par *J. Mercadier*. — 2 variantes in-12 et in-4.

103. **Cambon**. (François-Tristan de), évêque de Mirepoix, par *J. Mercadier* ; in-folio.

S perbe pièce.

104. **Camilly** (le Chevalier de).

105. **Cangey** (de), gentilhomme ordinaire de la chambre de Mgr le Comte d'Artois ; in-8. — 2 variantes.

106. **Carantilly** (de).

107. **Carbon** (Jean-Louis), chanoine de l'Église de Reims ; 1742. — 2 variantes.

108. **Carpentier de Crécy** (Gilbert) et Louise Thoynard, sa femme ; in-8.

Pièce très rare. — Epreuve découpée.

109. **Carvoisin** (le Comte de), gr. par *Collin* ; in-16.

110. (**Castaing**), auteur dramatique, né à Alençon ; petit in-8.

111. (**Castille de Chenoise**).

112. (**Caulier**), en Artois, par *Nonot*.

113. **Caumartin**. — 4 pièces différentes, dont une in-8, gr. par *C. Baquoy*.

114. **Cellier** (Cabinet littéraire de P.), à Lyon. — 2 pièces différentes.

Intérieurs de bibliothèques.

115. (**Champagné**) (René-François, marquis de), capitaine au régiment d'Auxonne ; in-8.

116. **Champignol** (le Chevalier de).

Epreuve à toutes marges.

117. **Chastanet**, chirurgien, gr. par *Durig*, à Lille ; in-8.

Joli intérieur de bibliothèque.

118. (**Chevriers-Saint-Mauris**) (de) ; in-18.

119. (**Chicoyneau de la Valette**), par *Paul Tubert* ; grand in-8.

120. **Chopin** (P.-F.), avocat, par *Ollivault*.

Pièce très rare. — Le nom du titulaire a été soigneusement gratté.

121. **Cinier** (Jean-Joseph), gr. par (*Le Mire*) d'après (*Eisen*).

122. **Clercq** (C. de), gr. par (*Merché* ?).

123. **Clugny** (Jean-Etienne-Bernard de), baron de Nuis, conseiller au Parlement de Bourgogne ; in-8.

Rare.

124. **Cochon-Dupuy** (Jean), conseiller du Roi à La Rochelle, docteur-médecin à Rochefort.

N° 105 du Catalogue.

125. **(Cognioz-Clèmes)**, en Dauphiné.

126. **(Colas des Francs)**. — (COLAS DE LA NOUE) ; 2 variantes. — Ensemble 3 pièces.

127. **Collin**, gravé par lui-même, en 1783 ; in-12 en largeur.

Ex-libris (ou adresse) du célèbre graveur lorrain, demeurant *vis à vis des Dominiquains, à Nancy, nº 96*. — Charmante composition.

128. **Constantin.**

Epreuve à toutes marges.

129. **Contrastin de Cablan.**

130. **Conty d'Hargicourt** (de).

Epreuve à toutes marges.

131. **(Cortois)** (de), en Bourgogne.

132. **Cossé** (le Duc de) ; in-12 en largeur. — Le Duc de BRISSAC, par *George* ; in-8. — Ensemble 2 pièces.

133. **Cotteau** (Louis), chanoine de l'église de Cambrai, par *Danchin*, à Cambrai.

134. **Cougniou de Marville**, par *Huquier fils*.

135. **Couillaud de Larive**, prêtre.

Un nom coupé dans la légende.

136. **Couvert** (de), gr. par *Goüel*. — 2 variantes, dont une avec la devise : *Diex aie de Couvert*.

137. **Cressia** (Ch. de), capitaine au Régiment de Navarre, gr par *J. Striedbeck*, à Strasbourg.

138. **Crouy-Chanel** en Dauphiné.

JOLI DESSIN ORIGINAL à la plume rehaussé de lavis.

139. (**Crozat**, baronne de) (Mme de), née de Montmorency-Laval, par *F. Boucher* ; in-8.

140. **Cuzieu** (de), capitaine de cavalerie ; petit in-8.

Premier état (légende en une seule ligne).

141. **(Daen de la Roche-Daen)**, par *Brenet*, 1752.

Epreuve à toutes marges.

142. **Damas** (la Comtesse Charles de). — (Le Comte de DAMAS), gr. par *Baquoy*. — Ensemble 2 pièces.

143. **(Daquin)** (Louis-Claude), organiste du Roi, gr. par *F. Pilsen* ; in-8 en largeur.

144. **Darthenay.**

145. **Dauphin Infanterie** (Régiment du), gr. par le *Chevalier de Pujol* ; in-8 en largeur.

146. **Davollé** (Guillaume-Nicolas), prêtre.

Epreuve tirée en sanguine.

147. **Davy de Chavigné,** gr. par *d'Etrouville.*

Epreuve coloriée.

N° 151 du Catalogue.

148. **Desmares** (Jacques), président au Parlement de Paris, gr. par *C.-S. Gaucher* ; in-8.

Belle épreuve.

149. (**Des Salles,** marquis de Bulgnéville), par *Nicole*, à Nancy ; in-8.

150. **Deu**, par *Varin.* — 2 états différents.

151. (**Dillon**) (Arthur-Richard de), archevêque et primat de Narbonne (gr. par *Chalmandrier*) ; grand in-8.

Superbe pièce ; rare.

152. **Doncquer** (N.-F.).

153. (**Du Blaisel**), en Boulonnais.

154. **Du Bois de la Motte** (la Comtesse).
Très jolie pièce. — Rare.

155. **Dubut**, curé de Viroflay, gr. par *Le Roy* (en 1782); in-8.
Jolie pièce. — Rare.

156. (**Du Clusel**) (Mme), en Auvergne.

157. **Dumonceaux**, licencié en droit (gr. par *Merché*); in-16.
Épreuve tirée en bleu.

158. **Du Perron**, gentilhomme ordinaire de S. A. R. Madame Duchesse douairière de Lorraine, par *Collin*, à Nancy, 1756; in-8.
Très rare.

159. **Escalle** (F.-J.-F.), provincial du Couvent de Saint Bonaventure à Lyon; grand in-4.
Pièce rare. C'est la première de celles reproduites dans l'excellent *Armorial des Bibliophiles du Lyonnais* de MM. Poidebard, Baudrier et Galle.

160. **Estienne** (Joseph), questeur à Auch.
Épreuve à toutes marges.

161. (**Eudel**), en Picardie; in-4.
Épreuve ancienne; très rare.

162. **Exéa** (d'), en Languedoc.

163. **Fajon**, président de chambre au Parlement; pet. in-4.

164. **Farjon**, gr. par *Tubert*: in-12 en largeur.

165. **Fauconpret de Thulus** (de), gr. par *Helman* (à Lille). — 2 variantes, dont une tirée en sanguine.

166. **Faugères** (le Baron Pascal de); in-12 en largeur.

167. **Ferragut** (Claude-François de), chanoine à Auch, gr. par *P.-P. Choffard*, 1766; in-8.
Très jolie composition.

168. **Fleuriau de Morville**, procureur général du Grand Conseil.

169. **Fleury** (Mme la Marquise de).

170. (**Forbin de Janson**), évêque de Beauvais. — 2 variantes dont une sans la devise, la crosse et la mitre.

171. **Fortaire** (Jean-Baptiste) ; in-12 en largeur.

Deuxième état ; Avec les noms des quatre vertus.

172. **Fortia** (le Marquis de), gr. par *Maurisset.*

173. **Fortia-Montréal**. — Le Comte de Fortia. — Le Marquis de Fortia. — Ensemble 3 pièces.

174. (**Froment de Champlagarde**), bailli de Versailles au moment de la Révolution, gr. par *P. C. I.* (*Pierre-Charles Ingouf*), en 1785.

175. (**Fuligny-Damas**). (Marie-Gabrielle de), comtesse de Rochechouart, gr. par *Cl. Roy* ; in-4.

Belle épreuve à toutes marges.

176. **Gabillon** (de) ; in-8.

177. **Gaime** (F.-S.-A.), par *Pariset.*

178. **Gale** (Taneguy). — P.-Fr. Coppette. — Ensemble 2 pièces.

179. **Galliffet** (l'Abbé de).

180. **Gallois** (Pierre-Juvénal), seigneur de Belle-Ville, conseiller du Roi, gr. par *Branche.*

181. **Gattel** (C.-M.). — 2 pièces, dont une gr. par *Marchand.*

182. **Gaussen** (François et Paul), famille originaire du Languedoc. — 3 variantes.

183. **Gautier**.

Pièce à la devise : *Mai di catene non cangero metas il ciel.* — Très rare.

184. **Ginestous de Challay**. — (Ginestous de Montdardier). — Ensemble 2 pièces.

185. **Girard** (le Marquis de) ; in-12 en largeur.

186. **Glandevès** (de).

187. **Godefroy**, gr. par *D. C.* (*Daniel Chodowiecki*).

188. **Gosset de Saint-Clair** (Pierre), docteur-médecin de la Faculté de Montpellier, gr. par (*Gaucher*).

189. **Grenoble** (les Frères Prêcheurs de). — La Charité de Grenoble, par *Lançon*, à Nancy. — Ensemble 2 pièces in-8.

190. **Guenet-Delouye** (Mme l'Abbesse L.-E.).

191. **Guibert**.

192. (**Haffrengues**) (d'), par *Merché*.

193. (**Haguenot**) (Henri), médecin à Montpellier, qui légua sa bibliothèque à l'Hôtel-Dieu; petit in-8.

194. **Hamart de la Chapelle,** conseiller au Parlement de Bretagne, médecin à Rennes, gr. par *Grégoire*, à Rennes; in-8.

195. **Harlé** (P.-L.-A.), gr. par *Guillaume*.

196. **Harmand de Montgarny** (J.-P.), médecin à Verdun, gr. par *Belille*, à Verdun.

197. **Harouard de la Jarne** (P.-E.-L.), lieutenant-général de l'Amirauté de La Rochelle.

198. **Hébert**, chanoine à Rouen; in-12 en largeur.

199. **Hébert**, recteur de Morteaux.

200. **Héliot** (Benoît d'), Bibliothèque du Clergé de Toulouse, par *Arthaud*. — 2 variantes.

201. **Hennin** (d'), gr. par (*Merché* ?).

202. **Henry** (G.), gr. par *F. Huot*.

Même composition que celle de l'ex-libris de Louis le fils. — Belle épreuve à toutes marges.

203 **Herbaut**, courtier de commerce, gr. par *H. Jouvenel*, à Lille; in-12 en largeur.

204. (**Herluison** ?) (l'Abbé); petit in-8 en largeur.

205. (**Hibon de Mervoy**).

206. (**Huet de Montbrun**) (Mme).

207. **Jarry** (Richard).

208. **Jaume** (Fr.-Th.); in-8.

Joli cartouche entouré de fleurs et surmonté de deux colombes. — Très rare.

209. **Jaume** (François-Thomas); in-8.

Epreuve du *premier état* : sans l'encadrement de filets.

210. **Jaume** (François-Thomas); in-8. — 2 épreuves dont une avec la cache au nom de Grognard.

211. **Jeanjean** (Antoine), chanoine à Strasbourg; in-16.

Epreuve à toutes marges.

212. **Joly** (**de Bammeville**).

213. **Jonsac** (Mme la Comtesse de), (née de Colbert).

214. **Joubert** (de), trésorier des Etats de Languedoc — 2 pièces in-12, dont une anonyme de forme ronde et l'autre gr. par *Maugein*.

215. **Joubert** (de), trésorier des Etats de Languedoc, gr. par (*Chalmandrier*) ; in-8.

216. **Juteau** (P.-N.), chanoine de l'église de Sens.

217. (**La Broue de Vareilles-Sommières**). — 3 variantes, dont une avec attributs militaires.

218. **La Chapelle** (P.-G. de), échevin de Lyon, gr. d'après (*Boucher*).

219. **Lacoche**, ingénieur ordinaire du Roy.

220. **Ladevèze**, docteur-médecin ; in-16.

221. **La Flize** (D.), maître en chirurgie à Nancy, gr. par *Collin* (d'après *Gravelot*) à Nancy, en 1768 ; in-8.

Premier état, avec la légende en deux lignes.

222. **La Flize** (D.), docteur en médecine, gr. par *Collin* (d'après *Gravelot*) ; in-8.

Troisième état, avec la légende en cinq lignes.

223. **Laforest**.

Pièce révolutionnaire avec le bonnet phrygien et la devise : *La Liberté ou la Mort !*

224. **La Haie** (le Chevalier de), Roi d'armes de France.

225. (**La Hazardière**) (de), en Normandie.

226. **Lally-Tolendal** (le Comte Trophime-Gérard de), député aux Etats-Généraux, fils du célèbre gouverneur des Indes françaises ; in 8.

227. **Lambert**, chevalier, gr. par *P. Q. C.* (*Pierre-Quintin Chedel*).

228. (**Lambertye**) (le Marquis de).

Légère cassure raccommodée.

229. **Lamothe** (MM. de), avocat et médecin à Bordeaux. — 4 variantes.

230. **Lamourous** (de), conseiller au Parlement, par *Pallière*.

231. **Langeac** (Mme la Comtesse de) ; 1754.

232. **Langeron** (le Comte Andrault de).

233. **Langhetée de Ghyveldehove**, par *J.-B. Carpentier*.

234. **Langles** (Du Cabinet de M.).

Jolie pièce. — Rare.

235. (**Lannoy**) (de), gr. par *Merché*, 1761.

236. (**Larcher**), (abbé de Cisteaux ?)

237. **La Rochefoucault** (F. de), marquis de Bayers, gr. par *Aug. de Saint-Aubin*.

238. **La Rochelle** (Académie de).

Tirage ancien.

239. **La Vaulx** (Charles, comte de), Guidon de Gendarmerie, gr. par *Colin*, 1752 ; petit in-8.

240. **La Vaulx** (le Comte de), gr. par *Colim* (sic), 1753 ; in-12.

Charmante composition, que MM. de Mahuel et Edmond Des Robert ne signalent pas dans leur important ouvrage sur les *Ex-libris Lorrains*.

241. **Lavergne** (de), conseiller au Châtelet de Paris.

Voir : **Tressan.**

242. **La Villeneuve** (de).

243. (**Leblanc**) (l'Abbé), gr. par *C.-O. Galimard*, d'après *C. Cochin fils*.

244. **Le Boiteulx** (Charles).

245. (**Le Carpentier d'Auzonville**, conseiller au Parlement de Rouen) : in-8.

246. **Le Clerc** (**du Molard**), avocat à la Cour de Lyon ; petit in-8 en largeur.

247. **Le Conte de Bièvre** (J.-J.-F.).

Curieuse et charmante composition. — Très rare.

248. **Le Febure de la Basse-Boulogne**, par *Vacheron*, à Douai.

249. **Le Febvre** (P.-J.-G.).

250. **Le Féron de l'Hermite**, par *Tardiveau* et *Le Féron*, à Rennes, 1767 ; in 8.

251. **Le François** (Augustin); petit in-8.

252. **Légier** (Joseph).

252 *bis*. **Leguay**.

253. **Le Leu d'Aubilly**, gr. par *Delaître* ; in-8.

Intérieur de bibliothèque.

254. **Lemoine**, avocat et instituteur de la jeune noblesse, gr. par (*Aug. de Saint-Aubin*), d'après (*Marillier*) ; in-8.

No 239 du Catalogue.

255. **L'Enfant** (Lud.-Vinc.-Br.), conseiller du Roi, ministre de France à Monaco ; petit in-4.

Rare.

256. **Le Normant** (Jean), évêque d'Evreux. — 2 variantes in-12 et in-4.

257. (**Le Pelletier de Martinville**), par *François*, in-12 en largeur.

258. (**Le Preud'homme de Fontenoy**), par *Nicole*, à Nancy, 1745; in-8.

259. **Le Prince** (P.-N.), conseiller du Roi. — 2 variantes.

260. **Le Rebours**, président au Parlement; in-12 en largeur.

Charmante composition dans le goût d'Eisen.

261. **Le Roux**, gr. par *Charlotte Nonot*.

Très rare.

262. **Le Roy** (David), gr. par *Beaumont*.

263. **Le Tual**, gr. par *Biosse*; in-8.

Curieuse et très rare pièce.

264. **Ligny** (le Comte de), gr. par *D. Colin*, 1751.

Pièce très rare.

265. **Loir** (Jean-Louis).

Jolie pièce, rare. — Les prénoms du titulaire *ne sont pas les mêmes* que ceux de la pièce reproduite au catalogue de la *Collection* M. V. (17 nov. 1906), n° 23.

266. **Louis** le fils.

Jolie pièce dans le goût de Gravelot.

267. **Lyon** (Augustins de). — Carmes de Lyon. — Notre-Dame Saint-Louis, à Lyon; in-8. — Ensemble 3 pièces.

268. (**Magon de la Gervaisais**), par *P. Q. C.* (*P.-Q. Chedel*).

Rare.

269. **Marbeuf** (de), évêque d'Autun.

270. **Marescot de Challay**.

Rare.

271. **Maridort** (de), par *Chabany*; in-12 en largeur.

272. **Mars** (J.), chanoine régulier de l'ordre de la Sainte-Trinité, 1752; petit in-8 en largeur.

273. **Marsan** (le Prince de Lorraine —); gr. in-8.

274. **Martin** (Edmond), professeur en droit à Paris, par *Stallin fils*.

Epreuve à toutes marges.

275. **Martinet** (P.), notaire; petit in-8 en largeur.

Charmante composition de l'époque de la Restauration représentant une jeune femme lisant dans une bibliothèque. Epreuve à toutes marges.

276. **Massol** (de). — 2 variantes dont une anonyme.

277. **Mengin**, lieutenant général du bailliage de Nancy, gr. par *Collin*.

Très belle épreuve.

Président au Parlement.

N° 260 du Catalogue.

278. **Menguy** (L. de), chanoine de Lyons-la-Forêt ; petit in-8.

279. (**Menou**) (Mme la Marquise de), née de Clère.

280. (**Mérard de Saint-Just**, accolé de CHALLOU SAINT-MARD), gr. par *Croisey*.

Epreuve d'artiste *avant toute lettre* et à toutes marges.

281. (**Meyran**, baron de Nans et marquis de Lagoy), par *Michel*, à Arles, en 1727.

282. **Micolon de Blanval** (Joseph), abbé de Beaulieu, vicaire général du diocèse de Clermont.

Epreuve à toutes marges.

283. **Mignot** (Alexandre-Jean), abbé de Scellières.

Epreuve à toutes marges.

284. (**Mignot**) **de Montigny**, gr. par *Louise le Daulceur*, (d'après *Pierre*). — 2 variantes in-12 et in-4.

285. **Millet de Chevers** (de), gr. par *Collin*, à Nancy, en 1756.

286. **Millin** (Eleutherophile), célèbre écrivain et savant antiquaire.

Pièce révolutionnaire très rare. — Très belle épreuve.

287. **Mionnet.** — THÉODORE. — Ensemble 2 pièces, gr. par *Lorthior*.

288. **Moisson-Durville.**

289. **Mongez** (J.-A.), chanoine de Sainte-Geneviève.

290. (**Monteynard**), gr. par *N. Le Mire*, d'après *Eisen*.

291. **Montesson** (Mme la Marquise de).

292. (**Monthiers**) (le Comte de). — 2 états, dont un *avant la devise*.

293. **Montlaur de Murles** (Charles de) ; petit in-8.

294. (**Montmorency-Luxembourg**) (Duchesse de), née des Laurents de Brantes. — Duchesse de MONTMORENCY-LAVAL, née de Montmorency-Luxembourg. — Ensemble 2 pièces.

295. **Montmorin** (**Saint-Hérem**) (le Comte de) ; petit in-8.

296. **Morand** (D.), des Académies de Paris, Londres et Bologne. — 2 variantes.

Pièce à sujet macabre.

297. (**Morin**) (J.-B.), gr. par *Roy*.

Epreuve *avant la lettre*.

298. **Murat**, en Auvergne. — 3 variantes.

299. **Nadaillac** (le Marquis de).

300. **Nadaux** (A.), en sa maison, rue de la Vieille Draperie, à Paris.

301. (**Nantes**) (Nouveau Cabinet de Lecture de), gr. par *L. Legrand*. — SOCIÉTÉ DE LECTURE DE LA FOSSE, à Nantes, 1760. — Ensemble 2 pièces.

302. (**Narbonne-Pelet**) ; in-12.

303. **Nassé** (Claude), curé de Beauzée (diocèse de Verdun), par *Jonveaux*.

304. **Negrier de la Crochardière**, conseiller au Présidial du Mans.

305. **Nicole**, conseiller (à Lille), gr. d'après (*Heylbrouck*).

Intérieur de bibliothèque. — Epreuve tirée en bleu.

306. **Nîmes** (Augustins de). — J. de Roche, chanoine de l'église d'Uzès. — J. Fr. Séguret, chanoine de l'église d'Alais. — Paul-Frédéric-Charles de Valory, abbé commendataire de Sauve, au diocèse d'Alais. — Ensemble 4 pièces.

N° 286 du Catalogue.

307. **Noblet** (Bernard de), chevalier, comte de Chenclette, lieutenant des Mareschaux de France; in 8.

Tirage moderne sur le cuivre ancien?

308. (**Nourisson**); 1815.

Épreuve à toutes marges.

309. (**Noyel de la Noerie**), d'après *Eisen*. — 2 variantes.

310. **Odile**. — 2 pièces différentes.

311. **Origny** (d').

312. **Palisot** (Amb.-Alex.); in-8. — Palisot d'Athies. — Ensemble 2 pièces.

313. **Palisot** (Jean-François), seigneur de Beauvois. — 2 variantes in-12 et in-4.

Épreuves tirées en bleu.

314. **Perrault** (François), curé de Praville, en Beauce, gr. par *Le Tillier*, en 1764 ; in-8.

Jolie pièce avec le portrait du titulaire.

315. **Perrinet** (Joseph).

Belle épreuve à toutes marges.

316. **Persan** (Casimir de).

317 **Petit de Marivats** (François-Michel), conseiller au Parlement de Bourgogne ; petit in-8.

318. **Petitot** ; in-12 en largeur.

319. **Phillips** (Henri), gr. par *Montulay*, en 1764.

320. **Pierrefeu** (l'abbé de) ; in-12 en largeur.

321. **Pigné de Montchevrel** ; (armes accolées).

322. **Pinsot d'Armand** ; in-16.

323. **Pioct** (Abel-Joseph), avocat à Vienne.

324. **Plaisance** (de), gr. par *Bis*, à Douai, en 1781.

Epreuve à toutes marges.

325. **Pocquet de Janville.**

326. (**Polinière**), en Normandie.

327. **Pons** (Charles-Louis, prince de Lorraine, sire de).

328. **Pont-à-Mousson** (Bibliothèque de Sainte-Marie-Majeure à), gr. par *Nicole*, à Nancy, en 1751 ; in-8.

Belle épreuve à toutes marges.

329. (**Pontevès d'Agoult**).

Charmante petite pièce. Les armes du titulaire, officier de marine, reposent sur un socle renfermant un médaillon représentant un combat naval.

330. **Provenchères** (de), gr. par *Nicole*, en 1762 ; petit in-8.

331. (**Pucelle**) (l'abbé René), dessiné et gravé par *Tardieu fils*.

Epreuve à toutes marges.

332. (**Radeval de Selletot**) en Lorraine.

Epreuve à toutes marges.

333. (**Richelieu**) (Emmanuel-Armand de), duc d'Aiguillon. — 2 variantes, l'une gr. sur bois, l'autre en taille-douce.

No 330 du Catalogue.

334. **Rivière** (J.-B.), gr. à l'eau-forte par *Messager* ; in-8.

335. **Rochefort d'Ally** (l'Abbé V.-Claude-Gaston de).

Epreuve à toutes marges.

336. **Roland de Challerange** (Mme), conseillère au Parlement ; in 8.

Légère cassure.

337. **Rondé** (Mme).

Pièce peu commune.

338. (**Rothelin**) (Charles d'Orléans, abbé de); petit in-8. — 2 variantes.

339. **Rouen** (Couvent de Saint-Antoine, à). — Abbaye du Bec-Hellouin, de l'ordre de Saint-Benoît, diocèse d'Evreux. — Ensemble 2 pièces.

340. **Rouillon** (Pierre-Daniel-Fr. Nepveu, seigneur de).

Rare.

341. (**Ruyant de Cambronne**).

C'est par erreur que M. P. de Farcy, dans ses *Ex-libris Manceaux antérieurs au XIXe siècle,* a attribué cette pièce à Guill.-François de Champagné. La devise : *De l'intégrité à l'empire ruyant* qui accompagne notre épreuve ne laisse aucun doute sur l'identité du titulaire, qui possède bien un chef d'azur au lieu du chef de gueules des Champagné.

342. (**Saint-Aubin**) (Germain de).

Une abeille posée sur une fleur, avec l'inscription : *Legendo.*

343. **Saint-Aurant** (de) gr. par *Tubert.*

344. (**Saint-Edmond**) (Bénédictins anglais de), à Paris, gr. par *Strange,* d'après *Ch. Eisen.*

Rare.

345. **Saint-Hilaire** (de).

Jolie pièce, très bien gravée.

346. **Saint-Jullien** (Bovier de); in-8.

Epreuve à toutes marges.

347. **Saint-Lazare** (Bibliothèque des Grands Pensionnaires de); in-12 en largeur.

348. **Salmon de Maison Rouge.**

Belle épreuve à toutes marges.

349. **Sangnier d'Abrancourt**, gr. par *Louise Duv.(ivier) Tardieu.*

350. **Sanson.**

Epreuve à toutes marges.

351. **Saporta** (de), par *Lordonné,* à Dôle.

352. **Savary** (J.-B.-Alex.), prêtre à Amiens, docteur en théologie de la Faculté de Paris, 1756.

353. (**Savonnières**) (le Marquis de); in-8.

Belle épreuve.

354. **(Sayve)** (Mlle de), en Bourgogne, par *Desloges*.

Très jolie pièce.

355. **Serans** (le Comte Cléry de).

Epreuve à toutes marges.

356. **Serignac** (le Comte de), capitaine au Régiment du Royal Infanterie ; petit in-8.

Très rare.

357. **Serpilion** ; in-12 en largeur.

Ex-libris à rébus (*cerf-pie-lion*).

358. **Siblot** (C.-F.-B.), médecin à Lure.

359. **(Simon-Dorel)** (Jean-Augustin), à Marseille, par *Laurant* ; petit in-8.

360. **Sobry** (J.-F. de), par *Barrière*.

361. **Souchay**, à Lyon, gr. par *Choffard*, d'après *C. Monnet*, en 1776, in-8.

Pièce très recherchée.

362. **(Suremain)**, en Bourgogne, dessiné et gravé par *Roy*.

Epreuve à toutes marges.

363. **Surmont de Bersée** (de) ; petit in-8.

Epreuve à toutes marges.

364. **Talegrand** ; petit in-8.

365. **Tardivon** (de), curé de la Platière.

Très rare.

366. **Tascher**, gr. par *Roy*.

367. **Taverne** (Nicolas), avocat au Parlement de Paris. — Pierre-Nicolas-Marie Taverne de Coude Casteele, avocat au Parlement de Paris, dessiné et gravé par *Maritnet*. — Edmond Taverne. — Ensemble 3 pièces.

368. **(Tencin)** (le Comte Guérin de).

369. **Tesson** (à Cambrai), gr par *Sornique* ?

370. **(Testu de Balincourt)** (Mme la Marquise), née Le Normand d'Etioles.

Pièce très rare.

371. **Thiballier** (A.), chanoine de l'église collégiale de Sainte-Marie-Madeleine, à Verdun : in-16.

Épreuve à toutes marges.

372. **Thibault,** conseiller d'État, procureur général de la Chambre des Comptes, gr. par *Collin,* à Nancy, en 1756.

Belle épreuve à toutes marges.

373. **Thiroux d'Arconville.** — Thiroux de Gervillier. — Thiroux de Mondésir. — Ensemble 3 pièces gr. par *Mme Le Daulceur* d'après *Gravelot.*

374. **Thouvenin**, procureur au bailliage de Lixheim, (pièce au coq), gr. par *Collin,* à Nancy, en 1769.

Épreuve à toutes marges.

375. **Tressan** (Louis-Élisabeth de Lavergne, chevalier, marquis de) ; in-4.

Superbe épreuve à toutes marges d'une pièce fort rare.
Voir la reproduction sur la quatrième page de la couverture.

376. **Trochon** (Jean), conseiller au présidial du Mans; in-12 en largeur.

377. **Tronchin** (Jean-Armand), gr. par *P.-P. Choffard,* en 1779.

Épreuve du second état, avec le monogramme en marge.
Jean-Armand Tronchin, descendant d'une famille Champenoise réfugiée à Genève, fut ministre de la République auprès de la cour de Versailles, place qu'il remplit jusqu'à la Révolution.

378. **Vacher** (Gilles), chirurgien à Besançon, 1723.

379. **Vaivolet,** lieutenant particulier au bailliage de Villefranche en Beaujolais, gr. par *Gatte.*

380. **Vallat** (J.), gr. par *Ramel.*

381. **Valloires** (Abbaye de), diocèse d'Amiens, par *Mathey.*

382. (**Valory**) (le comte de), gr. par *lui-même,* d'après *F. Boucher* ; in-8.

Jolie pièce.

383. **Vassal** (Mme de). — 2 variantes.

384. **Vaulear** (le Chevalier de) ?

385. **Veimerange** (de).

386. (**Vendières**) (Hubert de), en Lorraine.

387. (**Vento**, marquis des Pennes) en Provence.

Epreuve à toutes marges.

388. **Verchère de Reffie** (Hugues-François) ; in-8.

389. **Vichet** (Alex.-Grég.), président de la Chambre des Requêtes au Parlement de Montpellier. — 2 variantes in-16 et in-4, gr. par *J. Tubert.*

390. **Victoire de France** (Madame), fille de Louis XV, gr. par *C. Baron.*

391. (**Villeneuve**, comte de Vence). — 2 variantes in-4, l'une gr. par *Faugrand*, l'autre en largeur.

La pièce en largeur (fort rare) a la couronne et la fleur de lys enlevées.

392. **Villiers** (de).

393. **Vincy** (H.-L.-V. de), par *Ollivault*, à Strasbourg.

394. (**Vincy**) (de), par *Savin.*

Belle épreuve à toutes marges.

395. (**Voyer**) **d'Argenson**. — 5 variantes.

396. **Voyon** (de).

397. **Vrayet**, docteur de Sorbonne.

398. **Willemet** (R.), maître apothicaire à Nancy, gr. par *Collin.* — Soyer-Willemet, pharmacien à Nancy. — Ensemble 2 pièces.

---

399. (**Abzac**). — Séminaire d'Aix. — d'Albon, 1814. — (d'Aligre). — Allard du Bourget. — (d'Alphonse). — Ameline de Quincy. Ancelot. — Mmes d'Arconville, gr. par *L. le Daulceur* d'après *Eisen.* — d'Armancy. — Arrachart. — Artaud. — d'Assenoy. — Aubert. — Richard d'Aubigny. — Ensemble 15 pièces.

400 **Aubin**, par *Branche.* — Aubry, par *Martinet.* — (Auda). — (Auderic de Lastours), par *Baumès.* — (d'Augy). — (Aymard). — Baillard du Pinet. — Ballière, par *Jacques.* — Baraudin. — (Barlatier du Mas) ; in-8. — Baudelot, par *Corlet.* — (Baudoin du Basset). — (Bauffremont). — (Baulard d'Angirey). — de Beaumont, gr. par *Allin*, 1742. — Ensemble 15 pièces.

401. (**Beaurepaire de Louvagny**) — (Duc de Beauvau). — de Becdelièvre, évêque de Nîmes. — Belain. — Bellaud, 2 varian-

tes. — (Belli), gr. par (*L. David*). — (Claude de Bengy). — Beraud. — (Nic. Bergeot). — (Bernage de Vaux). — (Bernard de la Vernette), 2 variantes dont une par *Louise du Vivier*, — (de Bérulle). — Bizemont. — Ensemble 15 pièces.

402. **(Blacas)**. — de Blamont. — (Blondel d'Aubers). — (Boério). — Boileux, par *Malbeste*. — (Boisgelin). — Boissy d'Anglas ? — (Bombelles). — Bona. — (Bonneval de Jurigny). — (Bordenave d'Abère). — Bordeu. — Bordier. — (Bouchard d'Esparbès). — Bougainville. — Ensemble 15 pièces.

403. **Bouju**, par *Chenu* et *Desmaisons*. — (Boullogne). — Bourgevin ; 2 variantes. — (Bourke). — (Bourrée de Corberon). — Boutaudon. — (de Boynes). — Joseph de Brancas. — Bretin, avocat. — de Brienne. — Brochant du Breuil, gr. par *Mathey*. — (de Broglie, évêque). — Bronod. — Ch. de Brosses, gr. par *Aveline*. — Ensemble 15 pièces.

404. **(Beurard)** (l'abbé), gr. par *Z(apouraph)*. — (Comte de Bruce). — (Brulart de Sillery). — Brusset. — Bullier. — (Bullion). — (Bullioud); 2 variantes. — Bureau. — Busquet. — Cadet. — Cailly. — (Cairol de Madaillan). — (Calonne). — Cambacérès fils. — Ensemble 15 pièces.

405. **Camelin**. — Canclaux. — Carbon, gr. par *Baour*; 2 variantes in-12 et in-8. — Celon. — (Chaillet). — (Chalut). — de Chambon. — Champcenetz; in-8. — Champflour. — (Chamillart de la Suze). — Chamont. — Champagne — (Chancy). — Chanorier, par *de La Laure*. — Ensemble 15 pièces.

406. **Chapais**; 2 variantes. — (Chappel d'Estany). — Chardon. — (Charrier de la Rochette). — (Chastellux), par *Berain*. — Chatillon. — (Chauvelin). — (Chavagnac). — Chavane. — Chavaudon; 2 variantes. — Chef d'hostel, gr. par *Goüel*. — Armand Chevallié. — J. Chevalier. — Ensemble 15 pièces.

407. **(Choiseul)**. — (Cholier de Cibeins). — (Citry de la Guette). — (Clary de Saint-Angel). — (Clerguet); in-8. — (Gaspard de Clermont). — (Clermont ?). — (Clinchamp de la Buisardière). — Cochin. — Cochon. — Colaud. — (Collin de Contresson). — Collombat. — (Colpaert), par *Derond*. — (Conté). — Ensemble 15 pièces.

408. **Convers**, par *L. Monnier*. — Coquereau. — (Corbeau de Vaulserre). — Corréard. — Costard de Bursard. — Daniel Cottin ; in-8. — Cottin de Fontaine, gr. par *Guillaume*. — Ph. de Cougniou. — (Courtin de Rilly). — (Croze). — Damours. — Dampoigné. — Danes. — Darmand. — Daymar. — Ensemble 15 pièces.

409. **Decaquelon**; in-8. — Michel Delacour; in-8. — Delalei, gr. par *Montulay*; in-8. — Delamichodière; 2 variantes. — Delaulnaye. — Delepierre de Ligny. — Delisle. — Demasur (par *Merché*). — Denis. — Desains. — Deschamps, gr. par *Le Mire*. — (L'abbé Deschamps), par *Montulay*. — Deschamps de St-Amand. — (Deschateaux). — Ensemble 15 pièces.

410. (**Des Hayes de Forval**). — Desligneris. — Deslobbes. — L'Abbé Desmaretz, gr. par *Chevalier*. — (Des Martins). — Despaigne de Bostenay). — (Des Pilliers de Fonté). — Dezauche. — de Dollon. — Paule de Dompierre. — Douglas (par *Monnier*); in-8. — Droz, par *Micaud*; in-8. — (Du Bellay). — (Du Bois de Meyrignac). — Du Boutet. — Ensemble 15 pièces.

411. (**Du Breuil**); 2 variantes. — Duchesne. — (Duchier de Vancy), par *Michel*. — Du Crest de Villeneuve. — Du Douet. — Dufau. — (Du Fresnoy). — (Du Gardin de Biville). — (Du Lau) d'Allemans. — Du Liège. — Du Parc. — Du Resnel. — Durey de Noinville. — Du Rosnel. — Ensemble 15 pièces.

412. (**Du Roure**). — Du Tour-Vuillard — (Du Moustier de Vastre). — (Espivent de Villeboisnet). — (Estavayé). — (d'Estienne). — Jos.-Et. Estival. — Fabry d'Augé. — Falque de Planta. — Favart. — Fenille; 2 variantes. — Fevret de Saint-Memin. — (Ficquet du Boccage), gr. par *Gamot*. — Fiévet. — Ensemble 15 pièces.

413. **Flamen d'Assigny**. — (Flamen du Coudray). — Claret de la Tourette et (Claret) de Fleurieu; 2 pièces. — Foissey, par *Thérèse Brochery*. — (Folard). — Formentin. — Foucault. — (Foulon). — J.-B. de Fouquet. — France. — François de Neufchateau; in-8. — Fréval. — Fyot. — Gaillard, par *Jacques*. — Ensemble 15 pièces.

414. **Gallois**, par *Nicole*. — Gallois de Maquerville. — Garnier. — (Gartempe). — (Gaultier de Rigny). — Gaultier. — Gavinet. — (Gayardon), 2 variantes dont une gr. par *Marie-Anne Saintelette*. — Gentil, par *de Launey*. — Gigot d'Orcy. — Gillet; 1778. — (Girardot de Préfond). — de Goderville. — Goislard de Monsabert. — Ensemble 15 pièces.

415. **Gonon de Saint-Fresne**, par *L. Jalet*. — Gosselin, par *Wallaert*. — Gougenot de Croissy. — de Gourgue. — Benoît Goy. — (Goyon de Matignon), comte de Thorigny. — Gravelle de Fontaine, par *Goüel*. — de Gressent. — (de Grossolles de Flamarens). — Grumet. — de Guignard. — Guillebon; 2 variantes dont une par *Jacques fils*. — Guymonneau. — Guill. Haillet. — Ensemble 15 pièces.

416. (**Haincque de Saint-Senoch**), par *Coquardon*. — Haldat (du Lys). — Hauchemail. — (Hau de Staplande), par *Merlot*. —

(Hémery) ; 2 variantes. — Hémey. — (Hennequin). — Henrion, par *Roy*. — Henriquez. — Héricourt. — (Héricy, accolé de Bazin de Bezons). — Hérisson de Villiers. — (Hocquart) de Montfermeil. — Houdemare, par *Goüel*. — Ensemble 15 pièces.

417. (**Hugon**). — (d'Huteau). — Hurson ; 2 variantes. — d'Hyenville. — Jacops d'Hailly. — Jacquinet. — Jaillot. — (Jarente). — (Jehannot de Bartillat). — Jochaud-Verdière. — Florent-Th. Joly. — J.-P. Joly. — (Joly de Bévy). — Jordan, à Agde ; in-8. — Ensemble 15 pièces.

418. **Josse**. — Jourdan. — (Jubert de Bouville). — Juigné. — Labastie. — (La Cour). — La Cressonnière. — La Cropte de Bourzac. — La Fare. — Lalaure. — Lallemant de Betz. — La Luzerne. — La Maillardière, par *Legrand*. — Lanau, par *Michel*. — (Langlois de la Bouderie). — Ensemble 15 pièces.

419. **La Porte**. — (Larguier). — (Roye de La Rochefoucauld, archevêque de Bourges). — (La Rochefoucauld)-Liancourt. — La Salle St-Bois. — La Tournelle. — La Tullaye de Varenne. — Laus de Boissy ; 2 variantes dont une in-8. — (Maréchal de Lautrec). — de Lavoisier, par de *La Gardette*. — (Le Bas de Girangis). — (Le Blanc de Castillon) Le Bourg. — (Le Bouyer de Saint-Gervais). — Ensemble 15 pièces.

420. (**Le Coulteux**). — L'Ecuy. — Le Doux ; 2 variantes, dont une gr. par *Coutellier*. — Le Dru ; 3 variantes. — (Lefebvre). — Le Febvre du Grosriez. — Lefournier. — (Le Gendre de Romilly). — Lelarge d'Eaubonne. — Lemulier. — Nic. Le Noir. — (Le Peigné d'Ouménil). — Ensemble 15 pièces.

421. (**Le Pellerin**) ; 2 pièces. — Le Prince. — Le Sage ; 2 variantes. — Le Seigneur. — Le Tellier de Courtanvaux. — (Le Tellier de Souvré). — Le Tors. — Le Vacher du Plessis. — Le Veneur. — Le Ver. — (Lezay de Marnesia). — Libert de Beaumont. — (de Lisle). — Ensemble 15 pièces.

422. **Mareschal de Bièvre** ; 2 variantes. — Marescot, gr. par *Duplessis*. — Marié de Toulle ; 2 variantes. — Marin. — Marsollier des Vivettières. — J.-B. Mathieu. — Maton de la Varenne. — (Maugue d'Ennezat). — Cardinal Maury. — (Louis de May). — Maynon de Farcheville. — de Meaux. — Ménage de Mondésir. — Ensemble 15 pièces.

423. **Lorme**, par *Stallin*. — (Lucenay). — Lyvet d'Arantot. — (Mahuet) ; 2 variantes. — Mainsonnat ; 2 var. — (Maire de Bouligney). — Séraphin Malfait, gr. par *Durig*. — (Malvin de Montazet). — Mandajor ? — (Oratoriens du Mans) ; 2 var. — Maranville. — Marcombe ; 1816. — Ensemble 15 pièces.

424. **Pacot-Thierry**. — Papion; 5 variantes. — Paris. — (Paris de la Brosse). — Pasquier de Messange; 1792. — Patu, par *lui-même*. — (Paulo). — (Pecquet) de Saint-Maurice; 3 var., dont deux in-8. — Perrin de Sanson. — Ensemble 15 pièces.

425. **Montfleury** (de). — (Moreton-Chabrillan), gr. par (*Traiteur*). — (de Motteville). — Mouchard; 3 variantes dont une par *Decaché*. — (Moulinneuf), gr. par *lui-même*. — (Mouret de Chatillon). — Mouton-Fontenille; in-8. — Multz. — Nicolay. — (Baron de Nouet). — Novillars. — Ollivier, gr. par (*Chalmandrier*). — (d'Oultremont). — Ensemble 15 pièces.

426. **Merigny**. — (Mérode de Rubempré). — Michau de Montaran; 2 variantes. — (Michel de Léon); 2 var. dont une in-4. — Midan. — Midy; 2 var. — Mignon. — (Milleville). — Millin de Grandmaison. — Mollevaut. — (Monserat de Donneville) — Montboissier de Canilliac. — Ensemble 15 pièces.

427. **Perrin**; 2 variantes. — Petit; 3 var. — Peysson de Bacot. — Philippe; 2 var. - Pietrequin. — (Pignatelli); 2 var. — Pihan de la Forest. — Pinel. — Séminaire de Poitiers, par *Papillon*, 1771. — de Ponsainpierre. — Ensemble 15 pièces.

428. **Pingré de Fricamps**; 2 variantes. — Pontchartrain. — Pontus. — Poulletier. — (Pourroy) de Quinsonas; 2 var. — (Prevost de Pelousey). — Pringy. — Pruvost. — Quarré de Monay. — Raussin; 2 variantes. — Reynold, par *Striedbeck*. — (Ribières). — Ensemble 15 pièces.

429. **Rieu**; in-8. — (Rigoley de Juvigny). — Robethon; 2 variantes. — Robin; in-8. — de Rochemore. — Rolland. — de Roncherolles; 2 var. — Ronssin, par *Jacques*. — (Rosen), gr. par *Striedbeck*; 2 variantes. — (Rossel de Réals). — Miss Roullier. — Roussel. — Ensemble 15 pièces.

430. **Roussel**; 2 var. — Roussy. — Roux. — (Ruau du Tronchet). — Rumare. — Saint-Chamans. — Marquise de Saint-Germain-d'Aligny. — Saint-Germain de Notre-Mont. — Saint-Maurice. — Saint-Port. — Saint-Simon de Courtomer. — Sainte-Croix. — Salvert de Mont-Roignon; 2 var. — Ensemble 15 pièces.

431. **Sanlot de Bospin**; 2 variantes dont une in-8. — (Sartine). — de Saulcy, capitaine d'artillerie. — Savoye. — Secousse; 3 variantes. — (Séguier), par *Branche*; in-8. — Vicomtesse de Ségur. — Silva. — Soissan. — Sorberio. — (Souchay?). — Spielmann, par *Striedbeck*. — Ensemble 15 pièces.

432. **Steinman** (Joseph). — (Talon). — Terray. — (Texier d'Hautefeuille). — Thierry de Ville d'Avray; 2 variantes dont une par *Colinet*. — de Thilorier, gr. par *A. Lavau* — (Thiroux de Crosne). — (Thomé de Ferrières). — de Tillières. — Tilly. —

Ecole Académique de Tours. — Turbeuf. — Turgot ; Vacher, par *Monier* ; in-8. — Ensemble 15 pièces.

433. **Vallée**, par *Beaumont*. — Van der Meersch. — Van Hove. — Vaucresson, par *Beaumont*. — (Vergès). — Vichy. — (Vienne. — Villemur. — (Villevault). — (Villiez), par *son fils*. — (Viry), par *Wasset*. — Vitry). — Warenghien de Flory, par *Danchin*. — Xaupi ; 2 var. par *Avisse*. — Ensemble 15 pièces.

434. **Bidault**, gentilhomme de Mgr le comte d'Artois. — Le Président Hénault, gr. par (le comte de *Caylus*, d'après Fr. *Boucher*). — Lallemant, évêque de Séez. — (Laverdy, accolé de De Vins). — Rossignol. — Louis-Pierre Saunier. — Saunier du Lac ; épreuve tirée en bleu. — Ensemble 7 pièces.

435 à 437. — **Anonymes.** — Trois lots, chacun de 15 pièces.

438. **Monogrammes.** — Réunion de 11 pièces anonymes.

439. **Etiquettes.** — Réunion de 58 pièces, la plupart avec *encadrements gravés sur bois*.

440. **Ex-libris modernes** — Réunion de 60 pièces, la plupart de la première moitié du XIXe siècle.

N° 10 du Catalogue.

N° 1278-XII

Tours, Imp. Tourangelle, 20-22, rue de la Préfecture.

Tours, imp. Tourangelle, 20-22, rue de la Préfecture.

RED. :

18

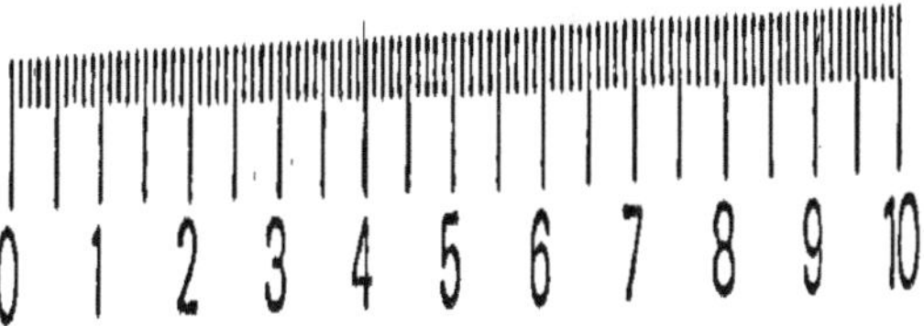
0 1 2 3 4 5 6 7 8 9 10

www.ingramcontent.com/pod-product-compliance
Ingram Content Group UK Ltd.
Pitfield, Milton Keynes, MK11 3LW, UK
UKHW021955260726
13994UKWH00004B/1755

9 782329 329611